MARI MOTO

SEULE CONTRE L'OURAGAN

Dorothée de Monfreid

MARI MOTO

SEULE CONTRE L'OURAGAN

SEUIL

Conception graphique : Dorothée de Monfreid

57, rue Gaston-Tessier, 75019 PARIS
ISBN : 979-10-235-1475-9

www.seuiljeunesse.com

Conforme à la loi n°49-956 du 16 juillet 1949
sur les publications destinées à la jeunesse.

Je dédie ce livre
à ma grand-mère,
Baba.

Si mes parents avaient pu deviner ce que j'allais faire ce jour-là, ils auraient eu une crise cardiaque.

On était en vacances chez Baba, ma grand-mère. C'était un samedi. Mes parents travaillaient, comme tous les jours, même en vacances. Ma grand-mère a proposé que je parte seule à vélo pour acheter du pain au village.

Ça m'a contrariée parce que j'aurais bien aimé aller acheter le pain à vélo. C'est vrai, quoi, on me fait confiance pour avoir des bonnes notes à l'école, mais dès qu'il s'agit de faire un truc plus marrant, c'est non. Alors j'ai pris mon sac et j'ai suivi ma grand-mère jusqu'à son atelier, de l'autre côté du jardin. Ma grand-mère s'est installée devant son chevalet et moi dans le fauteuil à bascule. J'ai attrapé un exemplaire de *La Voix de la Presse* qui traînait et j'ai commencé à lire.

EXPLOIT / Un Biélorusse de 17 ans, Pavel Fukov, a battu hier le record du monde en traversant l'Atlantique à la rame en seulement 43 jours. Le jeune garçon, qui ne connaissait la mer que par les films, a appris à naviguer grâce aux livres de la bibliothèque de Vyssokaïe, sa ville natale. Il s'est ensuite lancé dans la construction d'un bateau en matériaux de récupération, seul dans son garage, tout en se soumettant à un entraînement sportif radical. Ce record qualifie d'office Pavel Fukov pour les prochains Jeux olympiques, permettant ainsi à la Biélorussie de participer aux épreuves de voile pour la première fois de son histoire.

Ma grand-mère continuait à mettre du vert sur son tableau, les dents serrées sur sa pipe. Je me demande bien pourquoi elle tient tant à cette pipe. Elle dit que ça l'inspire. Moi, je trouve que ça pue. À mon avis, c'est surtout la fumée qui lui plaît. Quand il y en a plein l'atelier, ça fait mystérieux. J'ai répondu « Oh, ça va, pas la peine de râler », mais elle n'a pas entendu.

Soudain, il y a eu un grondement terrible, et tout est devenu noir, comme si quelqu'un avait éteint la lumière. J'ai posé le journal et je me suis approchée de la fenêtre. La pluie s'était mise à tomber si fort qu'on ne voyait plus le jardin. Le bruit était assourdissant. On avait l'impression d'être coincées dans une machine à laver. Baba a lâché sa pipe et ses pinceaux et elle est sortie en courant.

13

De l'eau passait sous la porte et entrait dans l'atelier. Les murs tremblaient, le plafond vibrait. Comme je n'avais pas très envie de me mouiller, j'ai pris mon temps avant de me décider à rejoindre ma grand-mère.

Mais tout à coup, Baba a surgi à l'intérieur, refermé la porte d'un coup d'épaule et s'est effondrée dans le fauteuil. Quand j'ai vu sa main, j'ai crié. Elle était couverte de sang.

Baba essayait de rouvrir la porte mais elle n'y arrivait pas. Elle appuyait d'un côté, le vent de l'autre, rien ne bougeait. Je suis venue à la rescousse. On a poussé de toutes nos forces.

Soudain, la porte a été arrachée par une bourrasque et la pluie s'est engouffrée à l'intérieur. La porte, elle, est allée s'éclater contre le tronc du pommier.

Vu qu'il n'y avait plus de porte, l'orage pouvait faire ce qu'il voulait dans l'atelier. De l'eau entrait par le toit, des éclairs illuminaient la pièce, le journal trempait dans une flaque. Au bout d'un moment, la grêle s'est mise à tomber, des glaçons gros comme des œufs. Baba a attrapé une bâche qui traînait par terre et m'a emmenée dans un coin de la pièce. On s'est blotties l'une contre l'autre sous le plastique et on a attendu que ça passe. L'orage était si violent que, pour le moment, il nous était impossible de traverser le jardin.

Dès que les bourrasques se sont calmées, on est retournées à la maison. Ce qu'on a découvert était effrayant. La toiture de la véranda était en miettes et les meubles dans un sale état. Au milieu de la pièce, il y avait un énorme tas de glaçons. Deux paires de chaussures en dépassaient.

J'avais beau les appeler, les secouer, leur donner des petites claques, ils ne réagissaient pas. Ma grand-mère a couru jusqu'au téléphone.

L'idée de m'aventurer seule sur une route inondée ne me rassurait pas trop. Mais bon, je savais faire du vélo, et je savais aussi que ma grand-mère avait raison. C'était l'unique moyen de sauver mes parents. Alors je suis sortie de la maison en enjambant les gravats et je suis retournée dans le jardin.

Où était-il passé, ce satané vélo ? J'avais beau chercher, je ne le trouvais nulle part. J'ai levé les yeux vers le pommier, et là, enfin, je l'ai vu. Suspendu aux branches, tordu, avec une roue en moins. Catastrophe. Qu'est-ce qu'on allait devenir ? Je me sentais tellement coupable. Si j'avais aidé Baba avant que la tempête se déchaîne, on aurait pu mettre le vélo à l'abri, et elle ne se serait pas blessée.

Si je partais à pied, je mettrais trop longtemps à trouver du secours, c'est sûr. Le premier village était à douze kilomètres, la station-service, pareil. J'ai réfléchi un moment et puis j'ai eu une idée. J'ai couru jusqu'au garage. C'était risqué, mais je ne voyais pas d'autre solution.

TÛÛÛT
VROUM
À l'aide ! Il y a des blessés !
MARI ? C'est toi ?
Le vélo est cassé. J'irai plus vite avec ta moto.

Mais enfin, tu as perdu la tête, tu es une enfant, tu ne peux pas conduire une moto.
Et pourquoi pas ?
Mari, tu n'as que dix ans. Il faut un permis pour conduire une moto comme ça. Et puis il faut être majeur.
On s'en fiche, non ? L'an dernier, tu m'as montré comment démarrer, accélérer, freiner et mettre la béquille. Je me souviens très bien de tout. En plus, j'ai grandi, mes pieds atteignent les pédales, maintenant. Ne t'inquiète pas, je me débrouillerai.
Bon. De toute façon, je suppose qu'on n'a pas le choix. Tu fais un petit tour devant la maison pour me montrer comment tu conduis ?

Avant mon départ, Baba a dessiné dans mon cahier un croquis du trajet jusqu'à la station. Ce cahier, c'est ce que je possède de plus précieux au monde. Dès qu'il se passe quelque chose d'intéressant dans ma vie, je l'écris dedans.

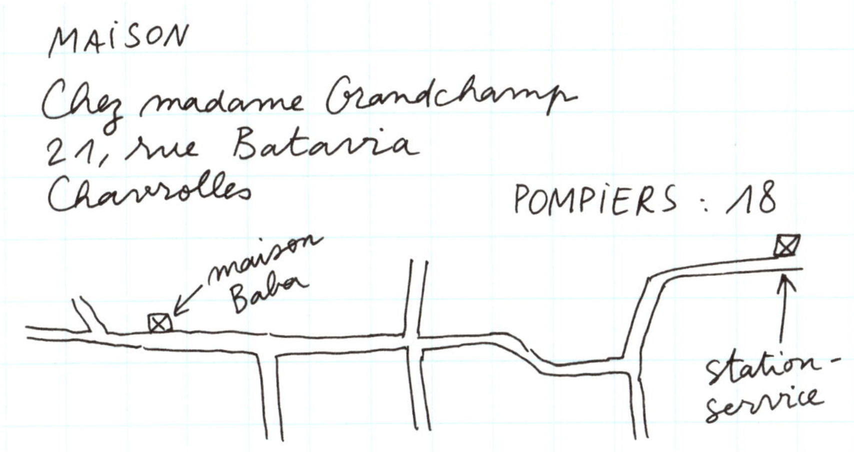

J'ai ôté la béquille, pris une grande inspiration et tourné la poignée de l'accélérateur. La moto a fait un bond en avant et je suis partie. Mon cœur battait si fort que je n'entendais pas le bruit du moteur. Dans le rétroviseur, je voyais Baba devenir de plus en plus petite. Le vent soufflait sur mon visage et faisait voler mes cheveux autour du casque. Les vibrations de la machine remontaient dans mes jambes. Je me sentais plus puissante que jamais. Au bout d'un moment, la silhouette de ma grand-mère a disparu. J'étais si excitée que j'en avais le vertige.

CHAVROLLES
RRRRR

Youhou!
RRRRRRR

Mon excitation s'est rapidement transformée en peur. Une moto, ça va vite, beaucoup plus vite qu'un vélo, même quand on roule doucement. Une moto, c'est lourd et ça penche dans les virages. On a l'impression qu'on va tomber sur le côté et être écrasé sous la machine. J'ai pensé à ma grand-mère qui conduisait cette moto depuis des années. Moi, en cas d'accident, je ne savais même pas si je pourrais me relever. L'ouragan avait rendu la route dangereuse et pleine de pièges. Je devais éviter les branches, la boue, les arbres et les poteaux électriques tombés par terre. Le sol était glissant à cause de la pluie et il y avait des trous dans le bitume. Je zigzaguais entre les obstacles en faisant bien attention à ne pas déraper.

Je ne voyais personne nulle part, pas même une vache, un chat ou un oiseau. J'étais seule, absolument seule. J'essayais de ne pas penser à mes parents parce que sinon, je risquais de pleurer, et dès je pleurais, je ne voyais plus la route. Pourvu qu'ils se réveillent, ai-je pensé. Pourvu que j'atteigne la station-service à temps.

Arrivée au carrefour, j'ai voulu consulter le plan parce que je ne me souvenais plus s'il fallait prendre à droite ou à gauche.

J'ai freiné, mais en posant le pied par terre, ma jambe a touché le pot d'échappement. Elle a grillé comme un steak sur un barbecue. J'ai hurlé de douleur. Quelle bêtise, cette robe ! J'aurais dû enfiler un pantalon avant de partir.

Je me suis assise par terre. Mon corps entier tremblait. Pas question de craquer. J'avais assuré à ma grand-mère que je saurais me débrouiller, elle comptait sur moi. Heureusement que mes parents ne m'ont pas vue dans cet état, parce que je ne sais pas si vous savez, mais ils paniquent dès que je me fais un bobo.

J'ai respiré un grand coup pour me donner du courage et j'ai sorti mon cahier. Gauche, indiquait le plan de ma grand-mère.

Je suis remontée sur la moto en essayant d'oublier ma brûlure, j'ai démarré et je suis partie vers la gauche.

La route montait raide. La moto sentait l'essence et vibrait sous mes jambes. Mes pieds vibraient, mes cuisses vibraient, tout mon corps vibrait, même ma bouche. Conduire me demandait de plus en plus d'efforts. Arrivée au sommet de la colline, j'ai réalisé l'étendue des dégâts. Partout il y avait des arbres arrachés, des barrières renversées, des granges effondrées. Le paysage était sens dessus dessous. Je me demandais dans quel état j'allais trouver la station-service.

Après la descente, il y avait une petite forêt, et après la forêt, le panneau qui annonçait les prix de l'essence. Ouf. Presque arrivée. J'ai tourné la poignée de l'accélérateur et foncé droit devant moi.

La station, enfin ! Je n'en revenais pas d'avoir réussi à rouler jusque-là. Je me suis garée et j'ai ôté mon casque. La tempête n'avait pas laissé grand-chose debout, à part les pompes à essence et le bâtiment principal. Aucun mouvement dans les parages. J'ai d'abord cru qu'il n'y avait personne mais, au bout d'un moment, j'ai entendu des pleurs qui sortaient d'une poubelle.

Je me suis approchée. Dans la poubelle, des bouteilles vides, des bouts de carton, des papiers gras… et un petit garçon qui, quand il m'a vue, s'est mis à pleurer encore plus fort. J'ai tendu les bras pour l'aider à sortir.

Le garçon a attrapé ma main et m'a entraînée vers le bâtiment. Les murs tenaient encore debout, mais pas les vitres, qui avaient été soufflées par l'orage. Il fallait faire attention à ne pas se blesser en marchant sur les débris de verre.

Pauvres parents. Il m'a fallu un moment pour comprendre ce que je voyais. Des jambes et des fesses dépassaient d'un congélateur dont le couvercle était bloqué par un présentoir à porte-clefs. Des sandwichs étaient répandus partout par terre. J'ai regardé le petit garçon et je lui ai dit de ne pas s'inquiéter. On allait libérer ses parents.

Les parents claquaient des dents et avaient du mal à se redresser, après tout ce temps passé pliés en deux, la tête dans le congélateur. Ils pleuraient de soulagement de voir leur fils sain et sauf. Je leur ai installé un coin confortable en piochant coussins et couvertures dans les rayonnages de la boutique. Quand ils ont été assez réchauffés pour pouvoir parler, ils m'ont raconté que l'orage était arrivé si vite qu'ils n'avaient pas eu le temps de se mettre à l'abri. Heureusement, à ce moment-là, il n'y avait aucun client dans la station-service, sinon il y aurait eu des blessés.

Il était temps d'appeler les secours. J'ai emprunté le téléphone portable du garagiste et composé le numéro des pompiers. Silence au bout du fil. J'ai fait une autre tentative avec celui de sa femme, mais pas de réponse non plus.

Découragée, je me suis laissée tomber dans le fauteuil. La ligne était coupée, comme chez ma grand-mère. Que faire ? Si Baba avait été là, elle aurait eu une idée, j'en suis sûre. J'aurais tant aimé pouvoir parler avec elle. Alors j'ai sorti mon cahier et j'ai noté tout ce qui s'était passé depuis mon départ.

Route pleine de branches, de trous et de flaques.
Difficile de conduire dans ces conditions.
Me suis brûlé le mollet sur le pot d'échappement.
Encore un peu mal, mais ça va.

Arrivée à la station-service du Silo.
Garagistes tous les deux coincés dans un frigo.
Avec leur petit garçon, on les a fait sortir.
Téléphone coupé, impossible d'appeler les pompiers.

Tu sais, mes parents ont été blessés par l'orage. Tout a été détruit dans la maison.
C'est pour ça que je suis venue jusqu'ici. Je pensais pouvoir appeler les secours.
Comme ça ne marche pas, je vais repartir. Toi, tu vas rester ici pour veiller sur tes parents.
Donne-leur à boire de temps en temps, fais-les manger, raconte-leur des histoires pour les distraire.
Moi, dès que je pourrai téléphoner, j'appellerai les pompiers pour leur dire où tu habites. D'accord ?
Taco.
SUPER

Ensuite, j'ai attrapé un journal et fixé les pages autour de mes jambes avec les lacets de mes chaussures, histoire de protéger mes mollets. Quelle angoisse ! Combien de kilomètres allais-je encore devoir parcourir avec la moto avant de pouvoir téléphoner ? Et est-ce qu'il me restait assez d'essence, au moins ?

Le petit garçon était un vrai garagiste professionnel. Il m'a même offert un paquet de Grachoco. J'étais contente parce que j'adore les Grachoco, et en plus je commençais à avoir faim. Heureusement que mes parents n'ont pas vu ça, ils détestent que je mange des biscuits industriels. C'est plein de sucre et ça pollue la planète. Bof, tant pis pour cette fois. J'ai remercié le garçon et je suis partie.

J'ai continué à rouler pendant longtemps sans voir personne. La route semblait interminable. Sous le papier journal, la brûlure me faisait toujours mal. Je me demandais si j'avais bien fait de laisser le petit garçon, ou s'il aurait mieux valu l'emmener avec moi. Il était si petit qu'il aurait presque pu tenir dans mon sac à dos. Bof, c'était mieux qu'il reste avec ses parents. De toute façon, il était trop tard pour revenir en arrière.

Je ne devais plus penser qu'à une chose : foncer. Enfin, foncer… façon de parler. Disons que je roulais où je pouvais, entre les trous, les flaques et les arbres arrachés. L'image de mes parents sous le tas de grêlons me revenait sans cesse à l'esprit. J'étais tellement inquiète ! Et puis je commençais à fatiguer.

J'ai arrêté la moto pour regarder le croquis de ma grand-mère. Mais en ouvrant mon cahier, j'ai réalisé que le plan s'arrêtait à la station-service. Bien sûr, car je n'étais pas censée aller plus loin. Mais alors, où allait la route sur laquelle je roulais ? Aucune idée. J'étais perdue. Et Baba qui comptait sur moi. Elle devait se demander pourquoi les pompiers n'arrivaient pas.

Le découragement m'a submergée. J'avais le vertige et mes mains tremblaient. Je me suis laissée tomber dans l'herbe. Alors, je me suis souvenue des Grachoco. J'ai avalé un premier biscuit, un deuxième… Finalement j'ai mangé tout le paquet. Après, ça allait mieux.

Perdue pour perdue, j'ai pensé que le plus important, c'était d'avancer. Dos au carrefour, j'ai lancé un caillou par-dessus mon épaule. *Bam*, en plein sur la route du milieu. Je suis remontée sur la moto et je suis repartie, direction la route du milieu.

Je me disais bien que je connaissais ce paysage. C'était le trajet pour aller à la gare. Je m'en suis rendu compte en arrivant au passage à niveau. Après, la route obliquait et longeait la voie ferrée. C'était une toute petite gare, avec un seul train par jour. On l'avait pris plusieurs fois avec ma grand-mère. J'y trouverai sûrement de l'aide. En attendant, je commençais à avoir soif à cause des Grachoco. J'ai regretté de ne pas avoir pris une bouteille d'eau à la station-service.

Silence dans la gare. Le bâtiment ne semblait pas avoir trop souffert, à part les vitres qui étaient en miettes et quelques poteaux électriques noircis. Je ne voyais personne, ni voyageurs ni cheminots. C'était bizarre parce que, normalement, dans les gares, il y a toujours des gens. Au moins un chef de gare, qui aurait dû m'entendre. Je commençais à avoir peur. Qu'y avait-il à l'intérieur du bâtiment ? Et si le chef de gare avait été tué par quelque chose, un panneau d'affichage mal accroché, une poutre vermoulue ? Et si tout le monde était mort, écrasé sous un train ? Un tas d'images horribles me venaient à l'esprit. J'ai inspiré un grand coup et je suis entrée.

Pas de réponse, sauf l'écho de ma voix. J'ai cherché des yeux un guichet ou un bureau. J'avançais sur la pointe des pieds, retenant mon souffle.
Mais il n'y avait de guichet nulle part, seulement des chaises en plastique et une borne de vente de billets. On aurait dit une gare fantôme. L'horloge marquait cinq heures trente-quatre. Le temps passait à toute allure. Mon cœur battait si fort que j'avais l'impression d'avoir un marteau-piqueur dans la poitrine. Que faire ? Peut-être valait-il mieux rentrer à la maison. Si l'ouragan avait tué les pompiers, ça ne servait à rien de continuer à chercher un téléphone.

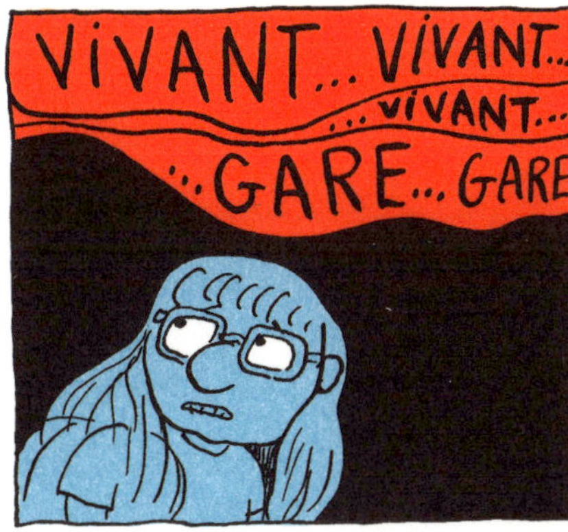

Dehors, le soleil était revenu. Éblouie par la lumière qui écrasait le paysage, je me suis assise sur un banc en clignant des yeux et j'ai sorti le cahier de mon sac à dos.

Ai laissé le garçon et ses parents à la station-service. Continué à rouler jusqu'à la gare de Botillon. Personne nulle part. Quelques dégâts : vitres cassées, poteaux électriques brûlés. Pas de téléphone.

Tout à coup, une silhouette a jailli devant moi. J'ai eu si peur que j'ai couru me mettre à l'abri derrière un lampadaire. J'ai dû essuyer mes lunettes avant de comprendre ce que je voyais. La silhouette s'est arrêtée à trois mètres de moi. Un vieil homme effrayé et tremblant se tenait là, complètement nu.

Orage ? Foudre ? Mais qu'est-ce qu'il racontait ? L'homme s'est penché et a ramassé un bout de bois par terre. Puis il a commencé à tracer des lettres dans la poussière.

Ce type était peut-être sourd, mais il était fort en bricolage. Avec les quelques feuilles que je lui ai données, il s'est fabriqué un pagne.

Je n'imaginais pas que la foudre pouvait avoir de tels effets sur les vêtements. Comment aider ce monsieur ? Je n'étais même pas capable de trouver un téléphone. Alors, avec l'homme au pagne, nous sommes retournés à l'intérieur de la gare.

On a trouvé une casquette, une veste et une fontaine, mais en guise de téléphone, il n'y avait qu'un vieil appareil à moitié fondu.

Nous avons continué notre conversation silencieuse en écrivant dans la poussière. Le monsieur m'a expliqué que, si je suivais bien les rails, j'arriverais à un restaurant d'où je pourrais appeler les secours. Je ne lui ai pas proposé de venir avec moi, il était trop lourd pour la moto. Et puis avec le pagne, ça n'aurait pas été pratique. Alors je l'ai rassuré comme j'ai pu. Les pompiers sauraient sûrement faire revenir ses mots et sa mémoire.

Continué à rouler jusqu'à la gare de Botillon.
Personne nulle part. Quelques dégâts : vitres cassées, poteaux électriques brûlés. Pas de téléphone.

ERREUR : homme présent dans la gare, tout nu ! Est-ce le chef de gare ? Prétend que la foudre a fait disparaître ses vêtements. Ne se souvient de rien d'autre. Ne sait plus comment il s'appelle, n'arrive pas à bien articuler les mots.
Me conseille d'aller au restaurant Longuepaille pour trouver un téléphone et appeler les secours.

47

La route qui longeait les rails n'en finissait pas. La lumière avait changé. Quelle heure pouvait-il bien être ? Est-ce que mes parents avaient repris connaissance ? J'étais tellement fatiguée que je commençais à être indifférente à tout. C'était comme si j'étais morte et que plus rien de grave ne pouvait m'arriver.

J'étais en train de m'endormir quand, tout à coup, j'ai glissé sur une énorme flaque. Mon corps a été projeté par-dessus la moto et j'ai dérapé à plat ventre sur plusieurs mètres. La moto a continué à avancer toute seule un moment avant de tomber. J'étais dans un sale état : menton ouvert, lunettes cassées, pied tordu et robe déchirée. Alors, couchée dans la boue, j'ai fondu en larmes.

Je ne sais pas combien de temps je suis restée comme ça. Si je ne me relevais pas tout de suite, je ne me relèverai jamais. Péniblement, je me suis remise sur mes pieds. La moto faisait pitié. Elle avait l'air d'avoir été abandonnée dans cette flaque depuis quinze ans.

Accident. Tombée dans une flaque de boue. Pas trop blessée.
Moto par terre. Comment faire pour la soulever ?
Baba, j'aimerais tant que tu sois là pour m'aider !

Alors que je pensais à ma grand-mère, j'ai fermé les yeux pour me concentrer et rassembler mes forces. Puis j'ai empoigné la moto. Je m'y suis reprise à trois fois. La machine s'est lentement extraite de la boue, entraînée par les muscles de mon dos et de mes bras. J'ai pensé : « En fait, je peux le faire. » Et j'ai éclaté de rire en imaginant la tête que feraient mes parents s'ils voyaient dans quel état j'étais.

j'ai finalement réussi à relever la moto, TOUTE SEULE !

Après avoir redémarré et roulé quelques minutes, j'ai trouvé le restaurant. Enfin… une moitié de restaurant, celle qui dépassait de l'eau. Parce que l'ouragan avait fait déborder la rivière et noyé le bâtiment dans une gigantesque mare. Je me suis garée en terrain sec, j'ai laissé mon sac à dos accroché au guidon et je me suis dirigée vers le bâtiment.

À l'intérieur, c'était n'importe quoi. Les gens nageaient entre les tables, escaladaient des meubles pour se mettre au sec ou plongeaient pour récupérer leurs affaires sous l'eau. Les enfants sautaient partout en criant, certains adultes pleurnichaient parce que leur téléphone était fichu, mais dans l'ensemble, ils avaient l'air de bien s'amuser.

Les gens ne m'entendaient pas, ils ne me voyaient même pas. Moi, je m'inquiétais pour eux. Que se passerait-il si l'orage revenait ? La situation risquait de dégénérer.

C'est alors que j'ai remarqué trois jeunes garçons, bras en l'air, qui cherchaient une prise électrique pour recharger leurs téléphones. Ils rigolaient comme des idiots en imaginant les photos qu'ils allaient faire. J'ai crié pour leur dire d'arrêter, que c'était dangereux, mais ils n'entendaient pas, ou alors ils s'en fichaient.

Je réfléchissais à toute allure, paniquée par l'urgence de la situation. J'ai d'abord balayé la salle à manger du regard. J'étais si concentrée que je photographiais mentalement chaque détail. Pas de compteur électrique ici. Où chercher, alors ? De l'autre côté de la salle, il y avait trois portes.

J'ai foncé vers la première. C'était la cuisine. Quelques bouteilles et autres ustensiles flottaient à la surface de l'eau, un téléphone était en train de couler, mais je ne voyais aucun compteur électrique. J'ai attrapé une cuillère en bois et suis ressortie le bras en l'air pour éviter de la mouiller. Derrière la deuxième porte, c'étaient les toilettes. Pas de compteur non plus. Troisième et dernière porte, dernière chance. Dans mon dos, j'entendais les trois garçons s'exciter. Ils venaient de repérer une borne de chargement de portables qui dépassait de l'eau. Vite. Pourvu que je réussisse à couper le courant avant que tout cela finisse mal. J'ai posé ma main libre sur la poignée et j'ai ouvert.

Évidemment, quand j'ai coupé l'électricité, toutes les lampes se sont éteintes d'un coup et le restaurant s'est trouvé plongé dans le noir. Les gens ont commencé à crier, à protester et à paniquer. Je suis retournée dans la salle à manger et je suis montée sur une table.

Les gens commençaient à devenir agressifs. J'ai répondu vaguement, prétextant que mes parents étaient aux toilettes. Je ne voulais pas parler de la moto. Pas question qu'on me la vole. Je suis ressortie trempée, abandonnant derrière moi ce qui restait de mes jambières en papier.

Restaurant Longuepaille. Énorme inondation. Clients sous l'eau, nourriture qui flotte. Téléphone HS. Ai coupé l'électricité pour éviter un accident. Situation risque de dégénérer.

Ah ces adultes ! pensais-je en m'éloignant du restaurant. Complètement irresponsables. Je me demandais comment mes parents auraient réagi s'ils avaient été là. Papa, maman, vous me manquez tellement ! J'aimerais être près de vous et vous serrer dans mes bras.

Au bout d'un moment, la pluie s'est remise à tomber. Quelle galère !

Je grelotais, je dérapais, j'avais du mal à maîtriser ma vitesse.

Pourvu que l'ouragan ne revienne pas.

Pourvu que la maison de ma grand-mère ne s'effondre pas.

J'ai continué à rouler
sous l'averse.

Soudain, comme si le ciel m'avait entendue, la pluie s'est arrêtée. Tout est devenu rose. Le soleil descendait vers l'horizon en enveloppant la campagne d'une lumière irréelle. Une brise légère et tiède séchait mes vêtements. Peu à peu, le paysage changeait. Manifestement, l'orage n'était pas venu jusqu'ici. Au loin, j'ai remarqué un scintillement, d'abord léger, puis de plus en plus net.

Début de soirée. Après la pluie, retour du beau temps.
Pas trop tôt ! Moto toujours OK. Aucun dégât dans le paysage
ici. Lumière de la ville à l'horizon, enfin !

Après, je me souviens mal. C'est allé si vite ! J'ai repéré un supermarché à une centaine de mètres. Il devait être ouvert car des voitures entraient et sortaient du parking. J'ai accéléré, le cœur battant, fonçant vers la lumière.

À cette vitesse, la moto faisait un bruit terrible. Je ne me suis pas rendu compte tout de suite que j'étais suivie. La police ! Une voiture de police était en train de me rattraper.

J'ai paniqué. Je sais que c'est idiot, j'aurais dû m'arrêter et tout expliquer… J'ai préféré foncer dans le parking du supermarché. Les policiers ont fait un virage brusque pour me couper la route.

Et là, en voulant m'arrêter, BOUM, j'ai foncé dans leur voiture. Je suis tombée par terre et je me suis évanouie.

Quand j'ai ouvert les yeux, le visage de ma grand-mère était devant moi, souriant. Autour, tout était flou.

Tout va bien pour toi aussi, tu n'es pas blessée, juste fatiguée. Tu as dormi dix-huit heures d'affilée.
Ce sont les pompiers qui t'ont emmenée jusqu'ici, après ton accident au supermarché.
C'est incroyable que tu aies réussi à rouler si loin.
Il était temps que tu arrives, le réservoir de la moto était presque vide.
Les pompiers ont trouvé ton cahier et, grâce à tes notes, ils ont pu secourir les gens que tu as rencontrés.
Sans ces informations, ils auraient mis quatre fois plus de temps à les trouver. Tu as sauvé beaucoup de monde, Mari. Sois fière de toi.

En entendant ces mots, j'ai fondu en larmes. Tant de choses avaient changé depuis mon départ ! J'ai demandé à ma grand-mère si elle avait récupéré mon sac à dos. « Il est là », m'a-t-elle répondu. Mais le sac était vide, mon cahier avait disparu.

L'infirmière a posé un plateau sur mon lit, puis elle est sortie de la chambre en soupirant.

MARI MOTO, SUPER-HÉROÏNE FACE À L'OURAGAN

Une fillette d'une dizaine d'années, Mari Moto, a réussi samedi un exploit inédit. Pilotant une moto de course, elle a parcouru cent kilomètres sur des routes rendues extrêmement dangereuses par Bruce, l'ouragan de catégorie cinq qui a ravagé notre région, et sauvé des dizaines de personnes d'une mort certaine. La petite fille, dont la détermination force l'admiration, a pris l'initiative de partir à moto pour prévenir les secours. On notera son intervention à la station-service du Silo, où des rafales de vent à plus de 140 kilomètres/heure avaient enfermé les garagistes dans un réfrigérateur, ainsi qu'à la gare de Botillon, dévastée par l'orage, dont le chef, violemment foudroyé, a été retrouvé à moitié fou, et au restaurant Longuepaille, où la clientèle était en train de se noyer suite à la crue de la rivière. Les blessés qui ont pu être ranimés par les pompiers sont actuellement en convalescence à l'Hôpital Central.

Selon nos informations, Mari a pu accomplir cet exploit grâce à la formation intensive dispensée depuis sa naissance par son coach, madame Grandchamp. Cependant, plusieurs polémiques font rage depuis que ces faits ont été révélés. De mauvaises langues prétendent que Mari a été manipulée par sa famille et qu'elle n'était que passagère de la moto. On a également entendu des critiques concernant les émissions polluantes du véhicule qui participeraient ainsi au réchauffement climatique. Pour d'autres, les agissements de Mari inciteraient la jeunesse à s'engager dans des actions hasardeuses. « Qu'elle retourne à l'école », a écrit Michel Ouinche, chef de l'opposition de notre ville, sur les réseaux sociaux. Nous laissons à nos lecteurs la liberté de se faire leur propre opinion sur ces polémiques. En tout cas, nul doute qu'on réentendra très bientôt parler de la jeune Mari Moto. Nos lecteurs en seront les premiers informés.

Haha! Je ne savais pas que ma petite-fille ressemblait à ça.
Tu as vu le dessin ?
Mais... ils ont utilisé mon cahier !

MARI
Le cahier de la jeune Mari Moto a été très utile aux pompiers pour secourir les sinistrés.
Mari Moto vue par notre illustrateur Henri Pilul.
L'accident, sur le parking du supermarché Megaprix, a été extrêmement violent.

J'ai à peine pris le temps d'embrasser mes parents endormis avant de foncer à la rédaction de *La Voix de la Presse* pendant que Baba faisait une course. Je suis entrée et j'ai dit : « Bonjour, je suis Mari Grandchamp, la petite fille qui fait de la moto. Mari Moto, si vous préférez. Je viens récupérer mon cahier. » Les visages se sont tournés vers moi. Un journaliste a répondu que ce n'était pas bien de se faire passer pour Mari Moto, que si je voulais la contacter, je pouvais lui écrire, mais que, en attendant, je devais plutôt aller jouer. Un autre a demandé où étaient mes parents. Là, je me suis énervée. J'ai crié que je voulais voir le directeur immédiatement, même s'il était occupé, et que j'exigeais qu'il me rende mon cahier.

Hé ho, ça va, on ne va pas se laisser intimider par une gamine.
Et si c'était vraiment elle, la fille de l'article ?
Hein ?
Quoi ?
Mais…
Tu déconnes.
Non, je crois que c'est vrai. J'étais au supermarché quand elle a eu son accident. J'ai fait des photos.
Regardez. C'est un peu flou, mais on la reconnaît mieux que sur les images qui circulent sur le web. La fille avec une blessure au menton, là.
Bravo Mari. Tu as été fantastique.

Il y avait de plus en plus de monde dans la pièce quand finalement, le directeur est arrivé.

Ah mais oui, bien sûr, s'est exclamé le directeur du journal avec un grand sourire. Puis il m'a serré la main et m'a félicitée en disant que l'article avait un succès immense. Il n'arrêtait pas de recevoir du courrier pour moi. Il serait ravi de publier, si je le souhaitais, ma version de cette aventure, avec tous les détails que je voudrais. J'ai réfléchi un instant et j'ai accepté son offre. Alors il m'a rendu mon cahier.

Maintenant, vous savez tout.
C'est comme ça qu'après avoir appris à conduire une moto, j'ai écrit le texte que vous êtes en train de lire.
C'est mon premier article dans *La Voix de la Presse.*
Et vous savez quoi ? J'espère qu'il y en aura plein d'autres.

Note par le directeur du journal :
Pour cet article, nous avons laissé la jeune Mari Moto libre de ses mots, sans aucune censure. Elle a été payée comme chacun de nos journalistes. Nous sommes très heureux de cette collaboration et restons ouverts à toute nouvelle proposition de reportage de sa part.

Instagram
petermcloud
Aimé par president_m et 5874 autres personnes
petermcloud Si vous avez lu (et aimé) l'article sur Mari Moto paru dans La Voix de la Presse, venez
au journal, elle est là!
Instagram
lavoixdelapresse
j'aime
la Presse [Scoop]
Moto en visite à la
action #marimoto
#moto #orage
Richard Bel @Rich...
Ambiance de folie à la rédaction de La Voix de la Presse: Mari Moto est là, c'est l'émeute! #marimoto #moto #ouragan #girlpower
29 179 467
Lucie Vrèche @lucie...
L'incroyable Mari Moto en visite à la rédaction de La Voix de la Presse! Trop contente d'avoir pu la rencontrer #voixdelapresse #moto #marimoto #girlpower #heroine
68 1263 3962
Afficher cette discussion

ÉPILOGUE

Il faut que je vous raconte ce qui s'est passé ensuite.

Ma grand-mère est arrivée au journal alors que je sortais, portée en triomphe par les gens venus me voir. Ils avaient été alertés par les photos qui circulaient depuis une heure sur les réseaux sociaux. Même les pompiers et la police étaient là. Mon sac à dos était plein à craquer du courrier qu'on m'avait transmis.

Quand un policier s'est approché de moi, j'ai pris peur. Et s'il m'envoyait en prison ? J'avais roulé pendant des kilomètres sans permis, je m'étais enfuie quand les gendarmes avaient essayé de me rattraper, et, en plus, j'avais défoncé leur voiture. Pas terrible. J'ai commencé à transpirer et à sentir mes jambes flageoler.

Il m'a entraînée vers une voiture aux vitres fumées. La foule s'amassait autour de nous, compacte. Quelqu'un a ouvert la portière de la voiture et le président de la République est apparu.

Je tenais à vous féliciter en personne pour ce que vous avez fait.
Euh mais euh je...
J'ai quelque chose pour vous.
Pour moi ?
Kevin, vous avez l'enveloppe ?
Oui, monsieur le Président.
Voici, monsieur le Président.
Merci.
Chère Mari Moto, j'ai l'honneur de vous offrir ce permis de conduire à titre dérogatoire.
Vous avez sauvé nombre de nos concitoyens, nous vous en sommes extrêmement reconnaissants. Félicitations.

Je n'en revenais pas. Étais-je en train de rêver ? Je regardais le président, puis le document qu'il avait glissé dans ma main, puis à nouveau le président.

La voiture aux vitres fumées a disparu et moi je suis restée là, au milieu de la foule, bouche ouverte et bras pendants.

Avec Baba, on est allées au garage pour récupérer la moto. Je l'ai à peine reconnue quand je l'ai vue, rutilante au milieu des outils. Ses chromes brillaient tellement que je me reflétais dedans.

HAUT
FRAGILE

MOTO
AD
5-RO

Avant de sortir du garage, ma grand-mère m'a tendu un sac en papier. Elle avait l'air très contente d'elle-même.

Maintenant, j'ai hâte que mes parents se réveillent et lisent mon histoire, eux aussi. Comme ça, la prochaine fois, ils me laisseront aller acheter le pain toute seule à vélo. Enfin… peut-être.

LA MOTO DE MARI MOTO

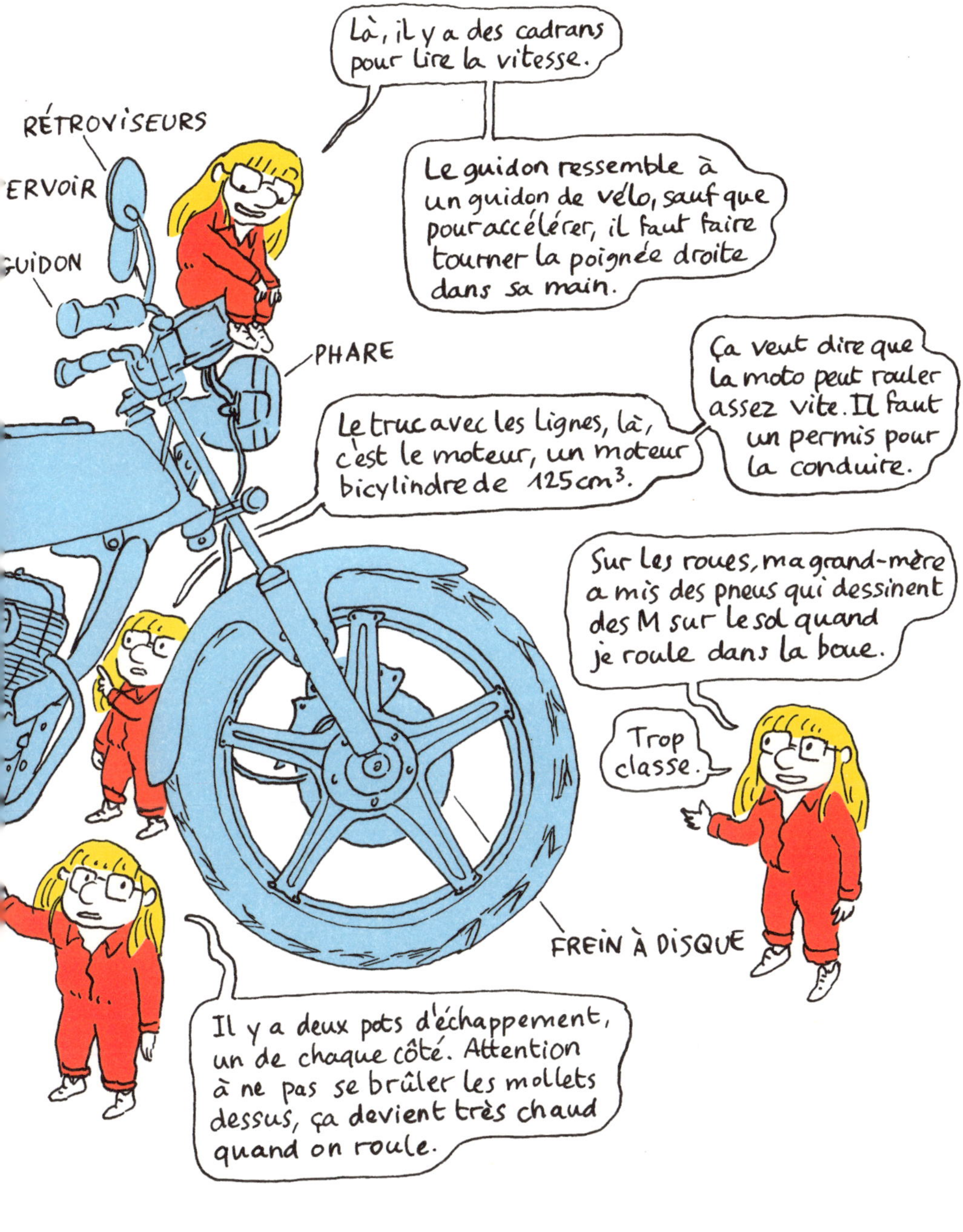
RÉTROVISEURS
ERVOIR
GUIDON
Là, il y a des cadrans pour lire la vitesse.
Le guidon ressemble à un guidon de vélo, sauf que pour accélérer, il faut faire tourner la poignée droite dans sa main.
PHARE
Le truc avec les lignes, là, c'est le moteur, un moteur bicylindre de 125 cm³.
Ça veut dire que la moto peut rouler assez vite. Il faut un permis pour la conduite.
Sur les roues, ma grand-mère a mis des pneus qui dessinent des M sur le sol quand je roule dans la boue.
Trop classe.
FREIN À DISQUE
Il y a deux pots d'échappement, un de chaque côté. Attention à ne pas se brûler les mollets dessus, ça devient très chaud quand on roule.

89

VOIX
DE LA PRESSE
FOIRE AUX MOUTONS
MÉTÉO
FOOT

Achevé d'imprimer en décembre 2020
par GraphyCems
Dépôt légal : avril 2021
N° 145867-2
Imprimé en Espagne